Texte : Mireille Villeneu
Illustrations : Anne Villen

D1086223

Félicio et le
clown amoureux

À PAS DE LOUP

Niveau

2

Je sais déjà lire

Dominique et compagnie

À pas de loup avec liens Internet

www.dominiqueetcompagnie.com/pedagogie

ouvre la porte à une foule d'activités pour les enfants, les parents et les enseignants. Un véritable complément à l'apprentissage de la lecture !

Catalogage avant publication de la Bibliothèque nationale du Canada

Villeneuve, Mireille

Félicio et le clown amoureux

(À pas de loup. Niveau 2, Je sais déjà lire)

Pour enfants.

ISBN 2-89512-395-0

I. Villeneuve, Anne. II. Titre. III. Collection.

PS8593.I43F44 2004 jC843'.54 C2003-942104-X
PS9593.I43F44 2004

Directrice de collection : Lucie Papineau
Direction artistique et graphisme :
Primeau & Barey
Dépôt légal : 1er trimestre 2002
Bibliothèque nationale du Québec
Bibliothèque nationale du Canada

Dominique et compagnie
300, rue Arran, Saint-Lambert
(Québec) Canada J4R 1K5
Téléphone : (514) 875-0327
Télécopieur : (450) 672-5448
Courriel : dominiqueetcie@editionsheritage.com
Site Internet : www.dominiqueetcompagnie.com

Imprimé au Canada

10 9 8 7 6 5 4 3 2

Nous remercions le Conseil des Arts du Canada de l'aide accordée à notre programme de publication.

Nous reconnaissons l'aide financière du gouvernement du Canada par l'entremise du Programme d'aide au développement de l'industrie de l'édition (PADIÉ) pour nos activités d'édition.

Nous reconnaissons l'aide financière du gouvernement du Québec par l'entremise du Programme de crédit d'impôt pour l'édition de livres – SODEC – et du Programme d'aide aux entreprises du livre et de l'édition spécialisée.

À mon amie Fanny
Van Winden, qui fait ses
premières lectures.

Mireille Villeneuve

Félicio est inquiet. Son père a une
étrange maladie.

Mais ce n'est pas la première fois que
monsieur Bartolémi attrape ce virus. La
dernière fois, il est resté malade très
longtemps.

Lorsqu'il a ce microbe, monsieur
Bartolémi fait des choses incroyables.

Le matin, il sourit à son bol de céréales.
D'autres fois, en plein milieu d'une
conversation, il regarde ses souliers
en soupirant.

Cette fois-ci, monsieur Bartolémi semble très atteint
par la maladie. Il n'a jamais été aussi bizarre.
Avant d'aller travailler, il effeuille des marguerites
en disant une formule magique :
– Elle m'aime un peu, beaucoup, à la folie, pas
du tout…

Puis il cogne à la porte de sa voisine.
La belle Sophia reçoit un immense
bouquet de fleurs… qui l'arrose de la
tête aux pieds.

Oui, Félicio en est certain, son père a attrapé l'amour. Pour un clown, c'est une terrible maladie. Qui peut le prendre au sérieux?

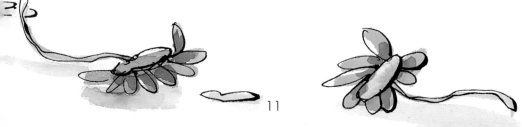

Félicio cherche vite un remède.
Il le trouve dans le conte de
Cendrillon. Le garçon s'empare
d'un soulier dans la loge de
Sophia. C'est un petit chausson
tout mignon.
– Regarde, papa, il appartient
sûrement à la belle Sophia !

Aussitôt, son père court, saute et
voltige jusqu'à Sophia.
– Oh ! merci, monsieur Bartolémi…
Vous avez retrouvé le chausson de
Lili, mon chimpanzé !

Sophia donne alors un doux baiser…
à son chimpanzé !

« Je crois qu'elle préfère les poilus
avec de grosses babines », se dit le
clown triste.

Félicio pense alors à son conte préféré, *La Belle et la Bête.* Il trouve un costume de bête féroce pour son papa.

Avec son torse velu et ses gros pieds griffus, monsieur Bartolémi est irrésistible. Lili est charmée par la Bête mais Sophia, elle, s'enfuit en courant !

Félicio doit trouver une histoire plus romantique… comme celle de *Roméo et Juliette.*

Barto-Roméo grimpe jusqu'à la fenêtre de sa Juliette. Il chuchote de jolis poèmes à son oreille poilue.

Poilue ?

Pauvre Bartolémi ! Lili n'aime pas la poésie.

Pour consoler son papa, Félicio
lui raconte *La Belle au bois
dormant*. Au milieu de l'histoire,
Félicio s'arrête net.

Voilà, il a trouvé! Sophia sera
la Belle endormie et monsieur
Bartolémi pourra la réveiller d'un
doux baiser.

Il faut d'abord endormir Sophia.
Félicio prépare un gros pot de
tisane dodo. Mais Bartolémi
connaît une meilleure potion pour
les amoureux. En cachette, il
prépare du thé aux fruits de la
passion.

Ce soir-là, Félicio, Lili et les deux
amoureux prennent le thé.

C'est monsieur Bartolémi qui fait le
service. Dans la tasse de Sophia
et dans la sienne, il verse du thé aux
fruits de la passion. Puis, dans la
tasse de Félicio et dans celle de Lili,
il verse la tisane dodo.

Toute la soirée, Sophia et le clown
se font les yeux doux. Tout près d'eux,
Félicio et Lili font des rêves fous...

Le lendemain, monsieur Bartolémi
a vraiment la tête dans les nuages.

Pendant le spectacle, ses grands pieds
de clown se prennent dans un long
fil de fer. C'est la catastrophe ! Félicio
n'ose pas regarder.

Lorsque le garçon ouvre les yeux, il est
bien étonné. Sophia plonge, dégringole
et tooooooombe…

... dans les bras de son papa.

La belle funambule est très émue. Elle bafouille :
– Vous êtes le meilleur clown... je veux dire
acrobate que je connaisse. Voulez-vous
devenir mon partenaire, euh... et aussi mon
petit ami ?
– Oui, je le veux, répond monsieur Bartolémi
avec son plus beau sourire de clown.

Au même moment, Félicio
reçoit dans ses bras...

... Lili, le chimpanzé, qui lui
donne un gros baiser mouillé !

FIN!